AF298639

SATIRE.
LES AGRÉMENS DE PARIS,

DEUXIÈME ÉDITION AUGMENTÉE D'ENVIRON 400 VERS.

NOUVEAU VOYAGE DANS LES RÉGIONS ÉTHÉRÉES,

Par M. Bohaire-Dutheil,

ANCIEN AVOCAT, ANCIEN OFFICIER DE MONSIEUR,
PENSIONNAIRE DE S. A. R.

> Après tant de combats, il nous falloit la paix,
> Elle nous vient du Roi, ne l'oublions jamais,
> Sans être conquérant, ne prônant que victoire (1)
> On peut toujours régner avec beaucoup de gloire....
> Louis est le vrai père en cette occasion,
> Qui, doué de talens, en sagesse et raison,
> Est assez respecté, fut assez respectable,
> Pour gagner de l'Europe une amitié durable....

A MEAUX,

DE L'IMPRIMERIE DE DUBOIS-BERTHAULT.

1822.

SATIRE.

Bon Dieu! que de plaisirs! partout les chants, les ris
Déjà par ses faubourgs font juger de Paris,
Clarinettes, hautbois, boîtes organisées,
Ne forment que concerts dans les champs élysées.
Tout le monde s'amuse et semble en ses désirs,
Joyeux et bien content de tous ces vrais plaisirs.

Des jeux de paume et boule, et belle en promenade,
On ne voit, on n'entend que danse, sérénade,
Et du louvre fameux le superbe jardin
Présentent perspective où le beau, le divin,
Du plus grand de nos Rois retracent la mémoire,
Ces chefs-d'œuvres anciens nous célèbrent sa gloire.
Autour de ce palais les plus brillans hotels
Semblent faits pour des Dieux, et non pour des mortels.

Mais ces divinités ne sont pas sans des vices
Dont il faut raconter les plaisans maléfices.

Fameux, . . . Benins auteurs envoyez vos écrits
Aux grands, aux potentats . . . Chers, superbes esprits,
Ce n'est pas un lettré, c'est un valet de chambre,
Qui, le pot à la main, près du musque et de l'ambre,
Jugera votre ouvrage, et suivant le bon ton,
Torchera le derrière avec votre chiffon,
Ou s'il fait quelques cas de votre impertinence,
Le soir en papillote avec son excellence,
On viendra déchirer tous vos tristes feuillets,
Pour égayer la scène en jolis quolibets,

A rire, et bien gloser le valet et le maître
Parleront des traits fins d'un complot aussi traître.
Or, si quelque faquin connu de tel valet,
Est le parent, l'ami d'un lettré très-benet,
Aussitôt vous verrez ce premier des Bélitres;
Être à l'Académie et lui casser ses vitres
Par des œuvres de sots, se croyant un soleil,
Il vous endormira d'un éclat non pareil . . .
Enfin il fera corps avec la compagnie,
Pour écrire et phraser sur la cosmogonie . . .
Et ses vers rocailleux, de glace ou de sorbet,
Ont la faveur. . . . Or, grâce à monsieur le valet,
C'est ainsi qu'un magot vous pousse à la tribune
Tandis que du mérite il éteint la fortune . . .

Si l'on connoît d'ailleurs de bien méchans valets,
On en compte beaucoup qui sont très-bons sujets,
Beaumarchais le disoit, il en est des centaines
Dont brillent les vertus par mille et quarantaines,
Et des vertus enfin que les maîtres en corp,
Ne peuvent s'adopter sur leur commun accord . . .
D'un mérite parfait, d'une qualité telle
Qu'en tous sens, en tous lieux elle éclate, étincele . .

On se souvient encor des gens du tiers état,
Comme le noble ils ont leur lustre et leur éclat;
Le fameux fil en trois est connu par sa force,
Ce tiers état est l'arbre et l'autre en est l'écorce. ²
Or, ces premiers valets, eux ont leurs serviteurs,
Leur éducation a dû former leurs cœurs . . .
Si dans le particulier il reste quelque vice,
En général ils ont et sagesse et justice.

Tel est l'homme partout, ou noble, ou prince, ou roi,
De la nature il faut qu'il suive en tout la loi,

Ce monde est un théâtre, où chacun fait son rôle
L'un d'une façon grâve et l'autre gaie, ou drôle ; . . .
Mais sans trop abonder dans un trop long caquet,
Retournons, s'il vous plaît, au principal sujet...

Tout Paris est orné de maisons magnifiques,
Édifices bourgeois, grandes maisons publiques,
Les arts et l'opulence, et le goût, la splendeur,
D'un peuple heureux, charmant y fixent le bonheur.

Un beau jour de l'été quel coup d'œil agréable !
Dans l'un et l'autre sexe à voir un cercle aimable
Passer la grande allée, il n'est point de jardin
Plus beau dans l'univers en juillet, en juin.
On va de belle en belle, et puis sur une chaise
Quand on s'est promené l'on critique à son aise.

J'aperçois tel seigneur, chacun me dit son mot,
Apeine sait-il lire, il n'est que fat et sot,
Comment l'appelle t-on ? je connois sa figure,
C'est le marquis d'Eglin, * c'est vraiment sa tournure.
Remarquez bien son geste et ses yeux en dessous,
Dans les airs, dans les tons, c'est un de nos grands fous,
Intriguant, bas et haut, voyez son coup de tête,
Quand il l'a fait pencher ce n'est plus qu'une bête.
Et cet autre jeune homme assis auprès de nous
Avec un air faquin il roule des yeux doux,
D'un regard amoureux il enchante sa dame,
Ah ! le fait est certain, elle n'est point sa femme.

Voyez-vous cet abbé, Parasite fameux,
Toujours pindarisant, on le voit en tous lieux,
On le sent de fort loin... citron, le musque et l'ambre...
S'il est mal en sagesse, il est bien en gingembre.

A la lèvre branlante, en haut sous le couvert,
C'est encore un abbé, je crois que c'est Audert. *

____

(*) Noms en l'air.

Il devroit bien veiller à son journal futile.

Comme il est ennuyeux ! l'agréable et l'utile

S'y voyent rarement, ils ont des abonnés,

C'est tout ce qu'il leur faut, que de badauts bornés !....

Mais voici l'ami Creuse, avec une pucelle,

Et Lebrun qui revient du moulin de Javelle,

Que j'aime leurs talens, que j'aime leurs portraits !

Partout de la nature on reconnoit les traits.

Quel est ce chevalier aux mains en arrière ?

De toute femme ici frappant le D***

Et cet original ayant le nez si long,

Du nouveau, le premier, il est intruit, dit-on.

On ne finiroit pas si de chaque figure

On vouloit maintenant dépeindre la tournure,

Nous allons voir passer monsieur le duc d'Harcourt,

Lors à dire du mal chacun est resté court,

Le bailli de Crussol * est de sa compagnie,

Qu'il soit ami fidèle en dépit de l'envie.

On seroit très-content si dans le champ d'honneur

On pouvoit voir comme eux s'avancer tout seigneur.

C'est un vrai paradis, quel air frais on respire...

C'est très-bien arrosé... l'on s'y plait, on admire...

Quand pour quelque tendron notre cœur est épris,

De toujours y rester on se trouve surpris.

Allons au luxembourg champêtre promenade,

En beautés et savans c'est une autre peuplade.

Brunette aux grands yeux noirs, aux superbes cheveux

Roses, lis, riche taille, attirent amoureux,

Baronne l'élégante, et l'aimable Sophie,

Charmante Vesmolins, sage, tendre Euphrasie

Fixent nos sentimens... mais j'aperçois Bercier *

De nos observateurs, on le croit le premier,

(*) Nom en l'air.

C'est un bon écrivain, à tort on le dit gille,
Comme l'ami Silanje, * il n'est pas imbécile.

Muni de bons chevaux, pour le palais royal
Montons dans la voiture, après à l'arsenal,
Puis sur les boulevards nous filerons ensuite....
Ne perdons point de temps... allons, prenons la fuite.

Nous voici donc en route, et dans notre chemin
Nous n'entendons que chants, concerts dans le lointain,
La plus franche gaité règne en la capitale,
Et pour bien s'amuser il n'en est point d'égale.
Quel choix dans les plaisirs! quels spectacles divers!
On en voit plus ici que dans tout l'univers.

Le seul palais royal vaut deux ou trois royaumes,
Il en est d'allemands qu'on voit fourmiller d'hommes
Ne produisant pas plus; c'est ici, c'est en tout
Que volupté réside, et splendeur et le goût :
Quel brillant! quel éclat! que de choses jolies!
Vous pouvez en tout sens contenter vos folies.
Des jeux perpétuels sont (5) au palais royal,
Et pour s'y divertir c'est toujours carnaval.
Le roturier, le noble, et l'enfant, et le sage
Trouvent des agrémens de tous rangs, de tous âges.
Superbe bijoutière! aimable Defolait! *
Tu sais te consoler d'un mari contrefait,
Caffetière galante, et marchande de mode
Suivent dans les amours ta charmante méthode.
Du plus loin de l'europe, étranger et marin
S'y donnent rendez-vous aux caffés, au jardin,
On y fait grande affaire, et l'on apprend nouvelles,
C'est le club des savans, et le séjour des belles.

____

) Nom en l'air

Le trésor et la bourse, et des circles fameux
Le peuplent tous les jours de sujets curieux;
Y mettant l'opéra ce ne seroit que fêtes,
Et pour bien s'amuser ont auroit grands athlètes.

Quel dommage pourtant, qu'un aussi beau jardin
Soit rendu si petit, que tout y soit mesquin;
A peine on y respire, et pour un gain rapide,
On ravit l'air au peuple, et l'on fut trop rigide....

Voyons les boulevards, mais quand à l'arsenal
Passons, de trop d'ennui je m'y trouverois mal.

C'est une promenade encore très-riche et belle
Et du palais royal c'est bien le parallèle,
Tout y peint la gaité, les ris, amusemens;
Les caffés, les hôtels, soupers fins et galans,
Spectacles enchanteurs, vauxhal, académie,
Et jusqu'à Nicolet rien n'est monotonie.

Non il n'est qu'un Paris, vous jouissez en tout
Et fêtes sont à choix de l'un à l'autre bout.
La musique et la paume, et la danse et les armes,
De la félicité vous y goutez les charmes.

Que si Boileau vivoit, ah qu'il seroit surpris
De voir ces changemens embellissans Paris!
Malgré des embarras l'agréable peinture,
Les plaisirs sont plus vifs que les maux qu'on endure.
Mais il fant être riche et dans tous les pays
On est surtout fort sot sans argent dans Paris,
Et la robe et l'épée, église et la finance,
Vous n'y serez chéri qu'avec forte dépense,
Ailleurs il faut la chose, ici l'extérieur,
Bel habit, bon logis, vous font en tout docteur.

Or donc si dans la robe, ou dans la médecine
Vous voulez vous montrer de science divine

Ayez belle perruque et livres à foison ,
Riche canne à corbin, équipage et maison,
Où, bien ne sortez pas, insulté dans la rue
Apeine un avocat vous regarde et salue,
Et malgré vos talens comme un moine engourdi
Vous vivrez inconnu pour mourir dans l'oubli.
Il faudra càqueter, avoir de la jactance ,
Et même assez souvent beaucoup d'impertinence...
     Aussi bouffi, gonfflé que le plus gros ballon ,
Donnez-vous de grands airs, ayez lourde maison,
Insolent, sot et fat, ne décidant qu'en maître ,
Devenez faux, hautain, imposteur, ingrat, traître ,
Faites-vous bien graver, grossissant votre voix ,
Frappant sur votre ventre , en tout donnant des lois,
Ne saluant personne, ayant belle lunette
Lorgnez effrontément, fussiez-vous une bête
Et stérile et grossier comme l'épais bailli,
Du plus petit hameau , vous serez accueilli,
Vous trouverez des gens dont les vers, les sottises
Viendront préconiser vos plus grandes bêtises.
     Soyez bas et trigauds comme les trois Grignard , *
Aussi fins et frippons que le sont les renards.
     Du peuple la sangsue , accaparez sa vie ,
Et que sa subsistance en tout surenchérie,
Se vende au poid de l'or, soyez un scélérat,
Un menteur , un vaurien , volez , pillez l'état,
C'est le moyen d'avoir une grande fortune,
Considération et maison peu commune.
Mais quand au vrai mérite il est annéanti,
On n'en fait plus de cas, il est même avili.

(*) Nom en l'air. Espèce de *Triumvirat*, en littérature, etc.

Pour de la bonne foi c'est le plus grand des vices,
Il est besoin d'astuce et de grands artifices,
Bien attraper son homme est tout ce qu'il vous faut,
Fussiez-vous trois contre un vous n'êtes en deffaut.

Tel est Paris encor, au surplus gens honnêtes
S'y rencontre souvent, on cite bonnes têtes,
Mais le nombre est-il grand ?... considérez les corps,
Consultez leurs moyens, leurs formes, leurs accords,
C'est surtout de leurs chefs que dépend leur conduite,
Celle de tels robins par un seul est séduite,
Et sans le sénéfal * n'en doutons pas, l'honneur
Se trouveroit encor chez plus d'un procureur,
Si Nagetbavardin * guidoit toujours son ordre
On ne verroit qu'hauteur, platitude et désordre;
Ainsi dans la finance un illustre Neker
Étant un honnête homme il peut tout réparer....

Soyez un usurier comme on l'a vu grofigre, *
Ou comme son Rufor * avec un cœur de tigre,
Une âme mercenaire, un crédit trop puissant,
Sans mœurs, sans probité, toujours vil et rampant.
Imitant tel ministre... et volant l'impossible,
Aux malheurs d'un chacun rendez-vous insensible,
Dès qu'il s'agit de prendre ayez mille ressorts,
Votre or effacera les regrets, les remords.

Promettant sans tenir en tout votre parole
Suivant votre intérêt, étant ou non frivole
C'est être très-habile... et les engagemens...
Pour les rompre à propos vous trouverez des gens,
Il n'est pas de procès, de si-mauvaise affaire
Qu'on ne puisse gagner en justice arbitraire.

____

(*) Noms en l'air.

Des légistes frippons, peuvent décider tout,
D'après leur pur caprice on condamne, on absout,
En vain vous en trouvez du plus rare mérite,
Tel qu'on voit d'Ormesson, et d'autres qu'on nous cite,
Comme les Dépomeuse et Duport et Freteau,
Les Boulards et Lambert et les Derosambeau, etc...
S'ils veulent vous défendre alors on fait cabale
Et malgré vos efforts la sentence infernale
Vous dépouille de tout, et sans humanité
On rit à vos dépens, avec férocité,
Il seroit dangereux de vouloir contredire,
De vous, de vos défauts c'est à qui peut médire.
On ne connoît d'autre art que celui de voler,
La véritable gloire est de bien vous piller,
A la ville et partout, parfois ainsi l'on pense,
Même dans le négoce et surtout en finance.

Puisque la probité n'est plus une vertu,
Qu'avec elle à présent on est volé, perdu,
Qu'on estime souvent l'astuce et la finesse,
Qu'on honore un frippon pourvu qu'il ait richesse,
Pourquoi dissimuler ? rendez-vous donc voleur
Et dans un grand chemin assassinez sans peur.
Enfin, de nous piller si c'est un vrai mérite,
Autant le faire aux bois que dans un autre gîte,
Vous craignez le supplice, il est dans votre cœur,
L'échaffaud n'en fait pas tout l'hideux et l'horreur.

J'attaque les abus, mais je suis éloigné,
De prétendre que l'art ne soit pas épargné,
Un peintre a son beau genre et tout célèbre artiste
De la gloire et l'honneur doit être sur la liste.
Puisqu'il nous dépeint l'homme, il peut peindre les dieux....
Les astres, le soleil, et la voûte des cieux,

Il montre Jupiter dans l'éclat de sa gloire,
Pallas, Mars et Phœbus au temple de mémoire...

La religion même aux peintres favoris,
Peut fournir des sujets sublimes et fleuris,
Or, la postérité, de leurs divins ouvrages,
S'empresse de citer les immortels suffrages....

Quand je verrai les grands guidés par la raison,
Elever le mérite en temps, lieux et saisons,
Je ne dirai plus rien, et si par fois je jase
C'est pour réduire au ton de naturelle extase....
C'est pour défendre aussi poëtes, littérateurs,
Et pour rendre à chacun sa gloire et ses honneurs.

Le premier art du monde est la littérature,
Qu'on me passe ce point, je baisse toute armure,
Si je blâme l'excès, c'est pour le vrai lettré,
Sur le faux érudit, on me voit pénétré
Du salutaire effet d'une bonne satire,
Toujours prêt à parler, ... toujours prêt à l'écrire.

Or, quand je vois un fat porté dans le fauteuil,
Parce qu'il est prôné.... ce qui l'enfle d'orgueil,
Je crie à l'injustice.... au vol, à la cabale....
Et je lance en vrai Diable, une fougue infernale...

Le mérite n'est rien, surtout celui des vers,
L'érudit qu'on redoute est jugé de travers ;
Envain vous écrivez, envain de vos ouvrages,
Aux grands comme aux lettrés vous offrirez les pages ;
Des frippons font cabale, il suffit d'être instruit,
Pour être sans mérite, ou par eux éconduit,...
Ici c'est un laquais qui vous a mis en place,
Et là c'est une fille à qui l'on doit sa grâce ;
Plus loin, c'est un Parent.... ailleurs c'est un complot
Qui souvent à l'habile a préféré le sot.....

Que vit-on arriver de tant de choix iniques,
On vit paraliser toutes forces publiques....
Rien n'étoit pour le bien.... tout étoit de travers....
Bientôt on ne vit plus que malheurs.... que revers...

L'homme habile au contraire en ne flattant personne
Evite les dangers... il calcule... il raisonne...
Ici c'est pour son maître, et là, pour le public
Qu'il s'oppose à tel plan... qu'il défend tel trafic....
Or, contre un charlatan s'il est en défiance,
Il fait voir de l'erreur la folle suffisance...
Nous voulons dans les rois, les vertus des vrais dieux,
Mais ils sont sur la terre et non pas dans les cieux ;
Pour être souverains ils sont toujours des hommes
De l'erreur, ou du vrai, captant toutes les sommes...
L'un est un grand guerrier, mais foible au cabinet,
On lui présente un sot, comme un premier sujet,
Où pesant le mérite au poid de l'opulence
On donne du clinquant pour talent et science...

Tout est faux ici bas, jusqu'à tel musicien
Qui fait dans la mesure un tapage de chien,
Donnant des coups de pied à chaque ton de note,
Et dans son embarras, vous enlève, ou vous ôte
La grâce et l'harmonie, et de ses faux-bourdons,
Vous écorchant l'oreille avec les mauvais tons ;
On ne peut pas tenir à sa musique rêche,
Faisant grincer les dents en mode pigrièche.... *

Il faut donc attaquer les pierrots, les oisons,
Même dans les enfers, les diables, les démons,
Ceux-ci vous lanceront l'horreur de leurs furies
Dont les sources de maux ne sont jamais taries,

(*) Pigrièche pour piegrièche. NOUVELLE LICENCE.

Epigramme, ou sarcasme, et Lazzis et Brocards,
Viendront sur vos écrits fondre de toutes parts,
Et leurs noms venimeux empestant tout éloge
Du plus grand magistrat saliroient l'épitoge.

Or, en vous promenant, si le mauvais destin,
Fait sur vous, d'un crapeau rejaillir le venin,
Ne peut-on pas laver dans une eau salutaire,
Le poison du serpent, celui d'une vipère.

Il n'en est pas ainsi de l'hideux du crapeau,
Envain vous le frottez.... peut-il devenir beau ?...
Et le chat n'est qu'un chat, tel frippon Prolétaire,
N'est toujours qu'un vrai fourbe, on ne peut le refaire...
Or, tel par sa nature étant vil, ou vaurien
Ne cessera point d'être oison, ou mauvais chien ;
Il faudra bien signaler sa fureur ou sa rage
Pour sauver le mérite du jeune, ou du grand âge.

Mais aussi consultez le plus mince érudit
Il vous dira qu'en tout il est le seul esprit,
Digne d'être nommé notre premier ministre,
Sans lui tout porte à faux et tout devient sinistre,
A la cour, à la ville il voudra gouverner,
Et toute belle place, on doit la lui donner,
Savoir faire des vers est l'unique science
Dont il faut pour son compte, éterniser l'essence,
Sans rime ni raison, il a des nouvautés,
Il croit en honorer de grandes dignités,
Ne soyez pas la dupe ; il faut de la justesse,
Pour être un charlatan a-t-on de la sagesse ?

Or, pour faire un héros tel grand a de l'esprit,
Mais sujet aux hauteurs, par fois il est petit,
S'il lui faut un lettré, dominé par l'intrigue,
Un ignorant de lui triomphe par la brigue.

Au lieu d'un bon marin il fait un mauvais choix,
Et le navire en mer, est bientôt aux abois,
Voguant à tout hazard avec mauvais Pilote,
Loin d'éviter l'écueil, on s'y brise,.... on s'y frotte....
Or, le vice par fois guidant les gouverneurs,
On s'expose aux dangers, aux peines, aux malheurs;
Mais il faut pourtant croire à beaucoup de sagesse,
Puisqu'on voit sur le trône une exacte justesse....
Très-communicatif, une société,
Fort prompte à me choisir... on me voit arrêté
Vers le premier venu qui voudra me connoître,
Mais s'il est Turlupin, ou felon, ou bien traître,
S'il ne sait pas conclure en ses discussions,
Qu'il nous donne des mots pour de bonnes raisons,
Qu'il divague et s'égare en bien des circonstances,
Je prendrai tout cela pour des impertinences,
Et bientôt dégoûté de notre grand *Diseur*,
On me voit négliger ce très-cher *copenseur*...
Me voila resté seul, donnant la préférence
A mon isolement pour laisser la jactance...

 Etant le détracteur des vers d'un vrai lettré,
S'il est ladre au beau feu dont je suis pénétré,
S'il tranche du Phénix.... s'il croit en effet l'être,
Pour lire de bons vers qu'il ne sait pas connoître.....

 Etes-vous seul, ensemble, il ne critique en rien,
Mais s'il survient un tiers et qu'il soit un vaurien,
On le voit applaudir à ce nouveu Thersite,
Pour lancer du stilet au talent, au mérite,
Voilà ce qui m'offusque et de l'aliboron,
Je fuirai promptement la conversation.

 Ainsi le monde va, très-content de soi-même,
Et dédaignant un autre, on tient à son système.

Mais j'ai beau raisonner et j'ai beau définir,
Contre un mauvais sujet qu'il me plaît de choisir,
Tout homme est vicieux, [7] ce méchant caractère
Est le vôtre, ou le mien, celui de notre frère,
Le vice d'un chacun, envain nous signalons,
En le montrant au doigt, nous frondons, gourmandons....
C'est pour rendre meilleur.... changer toute conduite
Qui dans un trop grand mal, nous plonge, ou précipite.
  Gourmandez et fuyez tel sujet crapuleux,
D'un tigre, ou d'un frippon le défenseur affreux,
A son œil en dessous, vous connoîtrez le traître.
On peut le définir, il est faux, ou doit l'être,
Le sexe, âge, ou candeur, il ne respecte rien,
Dans le monde, au palais, c'est un fat, un vaurien.
Toujours avec l'injuste, il vit de l'injustice,
Et le croquant en tout est l'essence du vice.
  Ici de son ami séducteur de la femme....
Là, c'est d'un libertin qu'il défendra la flamme.
Il entrave un divorce en frondant les vertus,
La veuve et l'orphelin seront mal défendus,
Par un tel garnement, se plaisant à mal faire,
D'un sot, ou d'un tartuffe, il est bien l'exemplaire.
Oui souvent ses forfaits sont à l'ordre du jour,
Avec de tels bandits, on les voit tour à tour,
Dans les plus noirs tripots se prêter assistance,
Pour ourdir une trame, assouvir leur vengeance,
Leur chef est un brigand, on le fit orateur,
Par pure charité, toujours singe et voleur,
D'une succession, il furte la curée,
Elle n'échappe point à sa griffe acérée.
Fuyons tel égrefin, légiste, suborneur,
Vivant de sa rapine et bassesse et fureur,

L'orphelin est sa proie, en dévorant la veuve,
De ses atrocités il nous fournit la preuve ;
Sa vie est un tissu des plus hideux forfaits,
Rien n'est sacré pour lui, ne respectant jamais
Aucune convenance....il vous vole, il vous pille
Et s'intrigant partout, même en votre famille,
Il offre un testament pour vous deshériter,
Dépôt et procédés, prêt à tout écarter...
Jusqu'aux cendres du feu, compris meubles et linges,
Il dispose en escroc, il en rit comme un singe,
Amis, sœurs et parens, il dépouille à son gré,
Partout comme un filou, vainement exécré ;
De sa propre maison, de sa tante, ou sa mère,
Il fera son bordel, en crime, en adultère ;
S'il voit un moribond, il convoite ses biens,
Pour exercer sa griffe il use tous moyens,
Et bombance et gala, liqueurs, et vins d'Espagne,
Sur le grabat, du mort, il file le champagne.

   Toujours pour les forbans, et leur exaction,
Il a fait un laid rôle en révolution,
Il étoit sanguinaire, il étoit terroriste,
Aussi la barbe bleu, on nommoit l'humoriste,
Intriguant ou pillard et vrai Panier percé,
Pour se porter au mal, il s'est toujours lancé ;
Il a vécu trente ans aux dépens de sa mère,
En grugeant ses parens, neveux, sœur, oncle et frère ;
Si dans son intérêt il peut de faux témoins,
Se procurer l'audace, office ou les bons soins,
Pour supposer un crime au premier chef atroce,
Rien ne peut arrêter cette bête féroce...
Et laquais et servante, il sait tout mettre en jeu,
Pour consommer, brûler, tout perdre à petit feu,

Mobilier, argenterie, et scandale et souplesse,
Il a tout épuisé... Crimes.... scélératesse...
Revenons à Paris, chacun vous le dira,
Il suffiroit d'y voir le superbe opéra,
Ce spectacle éclatant est le brillant azile
Des beautés de la cour, des talens de la ville,
C'est le tableau des cieux, de leurs divinités,
Des dieux et des humains, nous sommes enchantés,
Les grâces, les plaisirs, des astres les richesses,
Font admirer Cythère ,adorer ses déesses,
Et du fond du tartare au plus haut d'un beau ciel,
Dans toute sa splendeur, on y voit l'immortel,
Vénus auprès de lui, les amours et les grâces,
Apollon et Momus ne quittent pas ses traces,
On se croit dans les cieux, on se croit dans l'eden,
Tantôt c'est l'amour seul et tantôt c'est l'hymen,
Les palais et les bois, les salons, les vergers
Présentent les atours des Princes, des bergers.

Est-il donc une ville où tous les agrémens
Paroissent plus nombreux, esprit, vertus, talens
Tout abonde à Paris, c'est là qu'on est habile,
Pour le riche, ou le pauvre, en tout on est fertile,
Et l'autel et le trône et spectacle et les jeux,
Cabinet, promenade et tous les autres lieux
Se disputent la gloire et le plaisir des fêtes,
Là vous pouvez choisir, grave, ou joyeuses têtes.

Soyez donc en voiture, allez de tous côtés,
A pied, comme à cheval, vous serez enchantés
Et tous les alentours, le centre de la ville
Du plus morose Anglais, dissiperont la bile.

O charmante musique à faydeau, l'opéra,
Quel plaisir délectable!.... on voudroit rester là....

Toute une éternité.... l'on y voit des phalanges
De dieux dont les concerts bien chantés par des anges,
Nous ravissent le cœur et tous les sentimens,
Surtout quand on y voit beaux et premiers talens.

La musique et la danse et la riche poësie
Nous offrent de l'encens... du nectar l'ambrosie!!!
Chacun se croit un Dieu semblable à l'Eternel,
Fait pour y savourer tous les plaisirs du ciel,
Et des jeunes Amours, l'élégante déesse
De tous ces agrémens nous prodigue l'ivresse.

Voulez-vous d'un héros, voir citer les exploits,
Sortez de l'opéra pour aller au françois,
De nobles sentimens, en excitant la flamme,
C'est là qu'on parle au cœur, c'est là qu'on parle à l'âme,
Ou si de la gaité vous aimez les accords
Vous trouverez Thalie animant ses ressorts,
Et Molière et Racine et Voltaire et Corneille,
De leurs chánts tour à tour charmeront votre oreille.

En musique légère, aux petits opéras,
Voulez-vous dissiper soucis, grands embarras,
Vous entendrez Grétry, Philidor et Sedaine,
Marmontel et Favart, de tristesse, ou de haine
Chassant la noire humeur, vous deviendrez joyeux.

Il n'est donc qu'un Paris, en tout on est heureux,
On trouve avec son or de ses réjouissances,
Et de la volupté toutes les jouissances.
Des superbes cafés, riches restaurateurs,
Magasins de bijoux, pâtissiers, confiseurs,
Déjeûner chez Verry.... du rocher de cancale,
Fréquentez le salon, c'est là qu'on vous régale....
O la divine chère!... ô vin délicieux...
Je crois encor jouir du plaisir des vrais dieux...

Et savourant des mets avec tant de largesse,
J'y broye d'un Buffet les friantes richesses.

Après tant de combats, il nous falloit la paix,
Elle nous vient du Roi, ne l'oublions jamais,
Sans être un conquérant enfant de la victoire
On peut toujours régner avec beaucoup de gloire,
Louis est le vrai prince en cette occasion,
Qui, doué de talens en sagesse et raison,
Est assez respecté, fut assez respectable,
Pour gagner de l'europe une amitié durable.

Nos braves alliés étoit trop généreux,
Etoient trop clairsvoyans dans leurs Projets heureux,
Pour ne pas éviter les malheurs de la France.
Leur propre sûreté veut notre indépendance.
Or, s'ils n'étoient pas faits pour recevoir nos loix,
Ils n'ont pas oublié que nous sommes françois.
Leur nombre envain sur nous auroit trop d'avantage,
Nous préférons la mort à tout vil esclavage.

Ils devoient réussir dans leurs brillans exploits
C'étoit pour conserver leur honneur et leurs droits,
Il falloit couronner la plus noble victoire,
La payer c'eut été trop en ternir la gloire....
Tout dépend d'un bon roi, Louis le désiré,
A rendu le bonheur à son peuple épuré,
Et l'autel et le trône ont une paix profonde,
Rien ne manque à leurs veux pour le bonheur du monde.

Régner est un plaisir et ce n'est un malheur,
Que pour celui là seul, qui n'en a pas le cœur :
Mais pour un Henri quatre, ou pour un Marc-Aurèle,
C'est d'un vrai Paradis la présence éternelle,
Oui, savoir ordonner le bonheur des humains,
Le propager en tout par des moyens certains,

N'en doutons pas lecteur, c'est le bonheur suprême,
Il est vraiment céleste !!. il est de Dieu lui-même !!!....
 Je vous l'ai déjà dit, et les chefs et les maîtres
Forment les bons sujets, les frippons, ou les traîtres ;
Or redoutons l'exemple : un intriguant surtout
Est plus à craindre ici qu'un tigre, un ours, un loup;
 Mais c'est parler assez des gens et de la ville,
Puisqu'à tout reformer ma verve est inutile,
On a toujours erré, l'on faillira toujours,
On l'a vu de tout temps, on le voit de nos jours
Et pour finir encor par un trait de satire,
Un méchant dans le mal même de pis en pire.
 Or Paris n'est pas moins un séjour enchanté
Où l'on trouve en tout sens plaisir et volupté,
Et dans son tourbillon si le mal est extrême,
Le bien et le bonheur y dominent de même.

NOUVEAU VOYAGE DANS LES RÉGIONS ÉTHÉRÉES.

Pour cette fois, une sylphide et non pas un sylphe, m'ayant encore transporté dans les régions éthérées, elle me plaça sur le champ dans un illustre groupe de la céleste galerie, où se trouvoit le cardinal de Richelieu; elle lui remit une adresse; son Eminence en ayant pris lecture, elle eut la bonté de m'aborder pour me faire des complimens, non-seulement sur cette adresse, mais encore sur plusieurs autres avis de sociétés littéraires qui sont bien éloignées d'être étrangères aux Cieux, vû les allans et les venans; cette adresse s'est trouvée être d'un jeune érudit fort distingué, louant beaucoup tous mes ouvrages, entrant même dans des détails, rapportant des traits de ces œuvres tant dramatiques... poëmes épiques... satires... épîtres.... apologues.... quatrains, etc... prônant tout à la fois ma gaité, mon énergie. une audace héroïque et pourtant de la prudence, de la candeur... faisant voir en plusieurs circonstances, la ressemblance de ma plume avec la lance d'Achille, pour guérir, cicatriser les plaies inséparables d'une bonne guerre contre le vice, en épargnant toujours les personnes, citant la richesse de mes expressions et daignant me comparer, me préférer même, à nombre de bons auteurs, d'une célébrité bien reconnue ; enfin sur ma demande, le Cardinal n'a pas fait difficulté de me remettre l'adresse (8) précitée, pour l'opposer encore à certains feuillistes et autres détracteurs que j'ai si bien rossé (a-t-il ajouté) surtout dans mes satires intitulées *le folliculaire ; le souper du président, etc...*

Survint madame de Tencin qui, parlant de quelques nouveaux choix pour l'académie, insista plus que jamais sur sa joyeuse idée d'une *ménagerie*. Hé ! quoi, disoit-elle, un colonel qui ne seroit pas soldat, un académicien qui ne seroit ni poële, ni littérateur, quelle *monstruosité* !... Certes, s'écria le Cardinal, quand j'ai fondé une académie, c'étoit surtout pour le talent de la poësie, le langage des dieux, la musique de l'âme et pour la littérature en général. — Pour moi, nous dit Louis XIV en tirant sa montre, j'avois toujours une heure à donner à Despreaux, pour me procurer le plaisir de m'entretenir avec lui, j'en usois de même avec Racine ; à l'égard de celui-ci, si je me suis repenti, c'est de m'être piqué un peu trop légèrement, la verité est faite pour les rois, et loin de la dédaigner, ils doivent la saisir avec ardeur et reconnoissance. Oui, oui nous dit l'évêque Lingendes que les souvérains quittent par fois leurs plaisirs , pour s'occuper de leurs affaires, les connoître , les diriger et lorsqu'il nous faut l'essence du brillant dialecte des muses ou des dieux , qu'on ne vienne pas nous faire affubler de *l'Ithos* ou *Pathos* de certains frélons folliculaires et autres — N'est-il pas scandaleux notre docte ami , me disoient le Cardinal, Horace , Despreaux et autres, en m'adressant de nouveau la parole, n'est-il pas scandaleux que vous qui pourriez défier le plus habile des champions de l'académie, pas un seul, n'ait eu le cœur [9] de vous réclamer , lors des dernières nominations ; mais on ne le connoît pas, s'écrièrent, Fréron, Laharpe et Geoffroy. — Bien certainement on le connoît , et quand on ne le connoîtroit pas , ce seroit la faute de votre cotterie , c'est ce qui fut bien démontré par un duc , l'un des illustres rejettons des Montmorency; je sais que M. Bohaire , dit le duc , a envoyé à ce sujet une lettre au ministre des affaires étrangères aussi l'un de nos descendans , je sais de plus qu'un ancien officier retiré du service militaire, ami de M. Bohaire , est passé au secrétariat du ministère, pour avoir des nouvelles de cette lettre, et qu'on lui a répondu que c'étoit le secret du ministre ; *vive Dieu* , nous dit ce brave duc de Montmorency. » Un jour le Roi en fixant le célèbre avocat Dumoulin , me demandoit , quel est ce petit homme ? — Sire , ce petit homme a composé un petit livre qui a opéré plus d'effet que tous les exploits d'une armée de trente mille hommes, pour contraindre le Pape à demander la paix. — D'après une réponse aussi cathégorique, le ministre actuel de mon nom , pouvoit bien parler au Roi, surtout, en quelque sorte, pour l'un de ses anciens collègues , puisque tous deux , ils avoient été officiers chez le même et aimable prince,

frère du Roi, qu'ils se connoissoient.... mais du secret...,
hé ! du secret... en faut-il quand il s'agit de faire une
bonne action, et de donner un grand exemple de justice,
c'est au contraire la publicité qu'il faut? — De Laharpe
alloit dire qu'il n'y avoit rien de commun entre moi et
l'avocat Dumoulin; mais voyant le bon, le grand Henri,
les princes de Condé, des célèbres auteurs et beaucoup
d'avocats, les voyant lui faire de grands yeux, il s'est
retiré bien vite, en observant un silence très-profond,
d'autant plus profond qu'il avoit aperçu Dupré de Saint-
Maur, mon brave et ancien voisin, venir renouveller
connoissance avec moi. Il a bien fait, puisque nous en
étions sur l'article de l'avocat Dumoulin, j'allois me
vanter beaucoup, comme lui, j'allois dire *ego qui ne-
mini cedo, qui nemine doceri possum.* J'aurois été
d'autant plus faché d'une pareille escapade de ma part,
que j'aime et me plais à répéter souvent, l'adage de
Socraté, *ce que je sais le mieux, c'est que je ne sais
rien.* [10]

Sur ces entrefaites, attendu l'analogie d'anciens officiers
chez le même Prince, Monseigneur d'Artois, le prince
d'Henin, l'abbé Bourlet bibliothécaire, m'ont assuré qu'ils
n'avoient plus de rancune contre moi, surtout, m'ayant
provoqué, dit le bailli de Crussol et la paix du ministre
mon survivancier de capitaine aux gardes, cette paix
avec la cour, c'est encore un exemple qu'il sera toujours
très-bien d'imiter dans toutes ses ramifications

En ce qui concerne la poésie, « quelqu'un s'avisa de
citer un propos de J. J. Rousseau, qui dans un instant
d'humeur, sans doute, avoit dit, dans son Emile, qu'il
préféroit un cordonnier à un Poëte, à plus forte raison
un horloger.... Or, Voltaire de se lever avec emporte-

ment, il alloit entreprendre, s'écria-t-il, le *Poëte sa-voyard*.... Mais aussitôt le grand Corneille lui coupant, en quelque sorte, la parole, nous dit, « point de fiel encore, messieurs, un cordonnier a son mérite, il est des circonstances graves, surtout, dans l'hiver, où les souliers sont préférables à des vers; cependant, toute bonne que soit une pomme... une orange, une simple pêche ont leur mérite... ce qu'il y a de certain, c'est que les siècles futurs s'occuperont des œuvres de J. J. Rousseau, alors même, et beaucoup plus de temps après que les horloges de son père auront été réduites en poussière, le tout sans compter le bien, et les lumières qu'auront projetté ces mêmes œuvres qui sont réellement superbes..... Le célèbre Rousseau de voler aussitôt dans les bras du grand Corneille, » mille pardons, s'est-il écrié, à vous et toute l'illustre assemblée.... c'est un mouvement d'irritation qui m'a fait parler ainsi, *ne sutor, ultra crepidam...* il alloit s'humilier, mais Homère, Cicéron, Démosthène, Racine, moi-même et bien d'autres, nous nous sommes empressés de le retenir en ne cessant de louer sa brillante éloquence.

 Après avoir ainsi parlé d'académie et de poësie, Démosthène et Mirabeau ont dirigé la conversation sur la démagogie, ils ont rappellé qu'ils avoient avoué eux-mêmes que le gouvernement de la multitude n'étoit souvent qu'une véritable tyrannie. — D'après leurs aveux et l'exemple de Louis XVI. On s'est convaincu qu'il falloit bien se garder de donner trop de force à cette multitude, sans néanmoins trop applaudir ou flatter le despotisme d'un seul ; la Charte, la Patrie et le Roi, s'est-on écrié de toutes parts, il faut se garder surtout du scandale, il ne faut pas que l'étranger puisse nous reprocher de faire jouer dans un lieu aussi sacré que celui de la tribune nationale , de faire jouer en quelque sorte à deux illustres orateurs, les rôles de *Sangsue* et de *Brigandeau*, en parlant quelquefois, comme l'on sait, plus pour leur intérêt personnel, que pour celui de la Patrie et du Roi. Ce seroit un grand malheur qu'un tel exemple fit fortune, lorsqu'on peut s'en tenir à la faculté des comités secrets... C'est entre soi, entre concitoyens, entre bons françois, enfin, qu'on doit faire de grands efforts pour s'accorder, et Socrate et Jésus et Titus et Henri de s'écrier, plus de sang.... la paix... la paix .. Evitons toute espèce de divisions, voilà encore des congrégations, n'oublions pas les différentes sectes du *protestantisme... molinisme... jansénisme....* C'est avec des pommes de discordes qu'on a succombé à tant de malheurs, massacres, croisades, persécutions, exils, confiscations, etc. Enfin on ne peut trop le répéter, ce n'est pas la noblesse qui fait les grands hommes, ce sont leurs talens, leurs vertus, et oui, nous dit le président Jeaunin.... moi, je n'avois d'autres ancêtres que mes talens et mes vertus.... c'étoit l'honneur, voilà mon origine, c'étoit mon seul point de mire... Ce doit être aussi l'unique tipe de tout bon citoyen, tel que soit son rang, ou sa naissance... il est noble, *si jamais Adam le fut...* Or, ceci peut bien ne pas nous regarder, puisqu'on prétend que nous sommes nobles et que notre vrai nom est *de saint Bohaire.* En ce qui me concerne, on sait que mon office à la cour, me donnoit la noblesse personnelle et ses privilèges...

Ma jeune et jolie sylphide, quoiqu'un peu-bavarde aussi, a pris sur le champ son essor, sans nous en laisser dire davantage...

ENIGME.

LES MOUSTACHES,

OU LES CROS DU GÉNÉRAL ***.

Un général galant, et de plus duc et pair, — Portoit
des cros très-noirs, c'étoit là sa manie, — Ils étoient
pourtant blancs... mais pour voiler leur air, — Il savoit
les noircir... c'étoit *sa fantaisie*, — Or, un jour qu'il
couchoit au château, — Dans un lit bien garni de linge
blanc et beau, — Vers le milieu des draps, suivante très-
jolie, — Prétendoit voir du noir... bah... bah... ha... c'est
folie, — Dit l'aimable Duchesse... Et fixant son époux,
— Puis regardant mieux, en dedans, dessous, — Sans
plus parler, ou rien dire, — Les voilà bien tous trois de
s'éclater de rire... — Rions de même.... en galant Henri
quatre, — Pour moi, j'en ris encor, comme un vrai
diable à quatre. [11]

Autres vers.

L'autre jour aux enfers, bouchers et conquérans, — Fai-
soient un train du diable, or, l'on vit sur les rangs, —
Des bourreaux qui vouloient avoir la préférence, — La
noblesse en ce cas, n'est qu'une exubérance...—S'écrioient
ces bourreaux, il ne faut que du sang, — Qui sait mieux
le répandre, est vraiment le plus grand... — Mais Pluton
révolté de telle effervessence, — Redoutant tel sujet, leur
imposa silence. [12]

Quatrain.

L'économie en tout, signale le grand roi, — Oui, sa
première et principale loi, — Pour être exact, abondant
en finance, — C'est d'épargner la dépense.... [13]

NOTES.

¹ Voyez le n.º 20 des notes, imprimées en 1818, à la suite de mes variétés sur l'habilité de cynéas à conquérir plus de villes, par son éloquence, que Pyrrhus par ses armes, etc... Voyez les aussi au sujet des petites brochures dont nous avons parlé dans notre dernier ouvrage.

² Ou le plumage si l'on veut, ce qui n'est pas comme l'on sait d'un faible mérite en fait de beauté et même de bonté.

³ Ce chevalier était fort connu....

⁵ M. de Crussol protégeait l'auteur.

⁴ Lors de la premiere édition, on imputoit au nouveau Palais Royal, la chute ou suppression des foires Saint-Germain, Saint-Laurent et Saint-Ovide, j'avois mis dans cette première édition, *Foire perpétuelle est au Palais Royal*, craignant qu'on ne me reprocha d'aller trop en avant dans une matière aussi délicate, et qui pouvoit l'emporter aussi sur l'odorat *du seringat, des roses vermeilles, de l'héliotrope*, etc... J'ai supprimé et j'ai mis en place *des jeux perpétuels sont au Palais Royal....* Voyez encore le n.º 11, ci-après.

⁶ Voyez Racine pour les chiens.

⁷ *Omnis homo mendax.*

⁸ C'est une missive qui m'est parvenue par la poste, l'auteur étant un de mes correspondans il faut que je donne ici la première lettre de son nom, il s'appelle *Leblanc de Marconnay*, jeune érudit fort aimable, ayant un cabinet distingué dans l'un des plus riches quartiers de la capitale, rue Neuve-Saint-Eustache n.º 34. L'adresse d'ailleurs, dont le brillant coloris annonce beaucoup de talens, de zèle et sincérité, peut fournir une preuve non équivoque d'une plume fort exercée en littérature et jurisprudence.

⁹ Piron de s'écrier, je dirois *l'Esprit*, si je ne craignois qu'on ne me fit encore un reproche de trop de franchise.

¹⁰ Ne seroit-il pas injuste que l'Académie ne fut plus que la société des pensionnaires du cardinal? devoit-on l'expulser

(29)

en quelque sorte du Louvre, moi dit Mécène, je pense que pour l'honneur même des souverains, toute Académie de grande Capitale, doit obtenir, si ce n'est une des premières places, au moins une honorable dans leurs Palais, et que toujours le monarque doit en être cité comme le premier et souverain protecteur.

On vient de supprimer les discours de réception, je ne suis pas non plus, sur cela, de l'avis de certains journalistes, qui peut-être, en vrais flatteurs applaudissent à cette suppression, j'estime, au contraire, que le public entendroit toujours avec plaisir et intérêt, l'éloge de tout bon littérateur; mais encore une fois ce n'est peut-être pas le compte de ces messieurs flateurs de ne choisir ou prendre pour académiciens, que des véritables littérateurs. — Et si, comme la cuisinière de Voltaire, madame de Tencin, formoit des bêtes et une grotesque ménagerie, au moins, et l'abbé Sabbatier, le disoit lui-même, cette dame n'oublioit pas les deux aunes de velours pour les culottes de ceux de ces aimables commensaux les plus nécessiteux.

Ici, le cardinal de Richelieu eut la modestie d'observer que lui-même, il avoit été assez foible pour jalouser le grand Corneille; pourquoi, dit-il, le même motif n'auroit-il pas porté certains ministres a exclure l'Académie du Louvre, etc... Souvant quand on distribue des Lauriers à son prochain, on est tenté de les *poivrer*, ou de les *huiller*, pour torturer ou tacher.... C'est encore une robe à la *Déjanire*... Combien de gens ne vous embrasseroient que pour mieux vous étouffer, s'ils le pouvoient, et comme on le dit populairement, la moitié de ce monde se moque de l'autre.

« En conscience, on ne peut refuser le mot de l'énigme; or, il faut se reporter au n.° 5, ci-dessus, le voici: c'est une bouteille de liqueur, dite *le parfait amour*; on avoit apparemment aussi fourré cette bouteille dans les draps et dans un moment de délire, il est probable que l'aimable et galant général l'avoit trop sucée.... Ha! pauvres humains!... Un curé de campagne, fort sage, et qui d'ailleurs tout en gasant la chose aussi bien qu'il le pouvoit, me rappelloit dans ma jeunesse, la manière de certains animaux, en abordant leurs femelles.... Je dois la laisser à deviner, ne voulant pas encore aller trop en avant sur tout cela....

¹⁴ Charles XII déchire le feuillet d'une satire de Boileau, où cet auteur traitoit Alexande de fou, d'enragé conquérant... Mais *déchirer* n'est pas *répondre*. — Voyez le n.º 19 de mes notes de 1818, précitées.

¹⁵ *Economiser, pour devenir riche*, ne pourroit-on pas m'observer que quand je ferai des Almanachs on s'empressera d'en prendre.... A la bonne heure, mais en voici un autre dont on ne dédaignera pas l'exemple; on se rappelle en effet que le Duc de Sully, n'ayant pas encore quarante ans, et ne s'étant appliqué jusqu'alors qu'à se signaler dans les armées, il rétablit, néanmoins, si bien les finances du Roi son maître, qu'il payat 400 millions de dettes en dix ans et qu'il remit de grandes sommes dans les trésors du Roi.

Nota. Mon dessein était de faire réimprimer à la suite des présentes notes, celles que j'ai publié en 1808, sur l'ardeur de quelques individus pour insister, et se modeler sur les joueurs qui commencent par être dupes, qui finissent par être frippons... Abonder mêmes dans leurs vices, au lieu de s'en corriger, et sur d'autres sujets, je voulois aussi rappeler à ces mêmes individus, qu'il falloit bien éviter de se mettre quarante contre un, qu'on doit toujours défendre l'absent, et s'opposer aux petites intrigues de société pour victimer, vexer ou persécuter le vrai mérite, auquel on ne cesse de s'attacher comme la rouille au fer, ce qui, dit-on communément, en prouve la solidité....

Il faudroit donc se convaincre toujours que le vice a engendré les Néron, les Caligula, les Catilina, les Marat, les Messaline, et les Tullie.... Tandis, au contraire, que les vertus, la bonté, la magnificence, ont produit les Antonin, les Titus, les Henri IV, les Louis XIV, les Caton, les Sully, les Jeannin.... Les Antigone, les Arrie, les Lucrèce, etc..... Fénélon et Bossuet rappelant, d'ailleurs, que les ministres... les hommes n'étoient pas des Anges, ventre saint-gris, *la Poule au pot*, évitons toute *reddeur*, ou roideur cinique ou fanatique.... » *Chantez, dansez, amusez-vous*.... Les bals sont « moins à craindre que les vergers et les Bosquets....

Dans le cours de l'impression du présent ouvrage, j'ai reçu une nouvelle adresse de M. Leblanc de Marconnay, il y r'enchérit, en quelque sorte, sur ses premiers éloges de mes œuvres. A la vérité, il avoue qu'on me trouve *mordant*; mais il donne à entendre, que pour corriger les hargneux, on doit les mordre afin de ne point se laisser manger la laine sur le dos.... Je me garderai bien de renvoyer à la scène des Trissotin..... Vadius..... Mais je citerai, 1.° celle de Voltaire avec le grand Frédéric, improvisant contre ce monarque, en lui faisant ses adieux, l'analogie de son caractère avec celui du Prince ; 2.° cette autre scène avec un Anglais qu'il louoit et qu'on disoit le critiquer lui, *Voltaire*,... cet illustre, de repartir, hélas ! nous nous trompons peut-être tous deux...

En ce qui concerne les congrégations, il m'arrive d'y penser quelques instans, et comme le divin prophète, de m'écrier aussi : en vérité, en vérité, que j'aime le chant suave du peuple !... Mais pour varier ne pourroit-on pas improviser des *solo* d'instrumens..... Des scènes dramatiques à l'instar des chœurs, même de la déclamation d'Athalie, de mon Jésus-Christ, Fénélon et autres ouvrages sur toutes les merveilles de l'immortel créateur de l'univers ?...

ERRATA.

L'Aréopage des bois, page 10, au lieu d'*oction* : — lisez — action. Page 13, il faut rayer — aussitôt, — si on laisse le mot. — au lieu d'imiter l'amour, il sera mieux de dire — d'imiter notre amour. — Page 14, au lieu de frauder — lisez — fronder. — Page 18, au lieu de oncore — lisez — encore. — Page 20, au lieu d'on l'est prit — lisez — pris. Page 21, au lieu de se le pardonner — lisez — se les pardonner.

Page 22 — on devroit préférer, dit-on, les pompes à feu... au lieu de *légions flamboyantes* — Il faudroit donc dire *légions ondulantes....* *ondoyantes....* tout bonnement, *les Pompiers.....*

Mais plutôt, et toujours la paix la paix....

9 782019 194949